이웅 Have a
good time

Rain Frog

다흑 X 안개구리

안녕하세요.
입니다.

안녕하세요.
다정한 남자 다흑입니다.

그동안 영상을 통해서 안개구리님과 함께
다양한 개구리의 매력을 선보였는데요.
포토 에세이까지 출간하게 되어 기쁘게 생각합니다.

사진으로 담은 개구리들의 매 순간과
다흑의 영상도 함께 즐겨주세요!

다흑

 https://www.instagram.com/thezoo1201/?hl=ko

 https://www.youtube.com/@THEZOO_kr

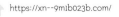 https://xn--9m1b023b.com/

안녕하세요.
안개구리입니다.

SNS를 통해서 선보이던 사진들을 모아서 다흑님과 함께
포토 에세이를 출간하게 되었습니다.

국내에서는 개구리의 사진만 모아서 출간한 도서가 많지 않아서 여러분께
개구리의 매력을 알릴 좋은 기회가 생겨서 행복합니다.

작고 사랑스럽지만 때로는 까다로운 친구들의
매력에 빠져보세요.

마지막으로 개구리를 키워오면서 알고 지내왔고,
곁에서 응원해주신 분들께 감사의 말씀을 전합니다.

안개구리

https://www.instagram.com/a.sewoon/

https://m.blog.naver.com/fishh68

안녕하세요.
개구리입니다.

화이트 트리 프록
White's Tree Frog

팩맨 프록
Pacman Frog

다트 프록
Dart Frog

부쉬벨드 레인 프록
Bushveld Rain Frog

청개구리
Japanese Tree Frog

**산청개구리 &
슐레겔 청개구리**
Green Forest Frog &
Schlegel's Green Tree Frog

미야코(미야코니스) 토드
Miyako(Miyakonis) Toad

글라스 프록
Glass Frog

밀키 프록
Milk Frog

버젯 프록
Budgett's Frog

픽시 프록
(아프리카 황소개구리)
Pixie Frog

레드 아이 트리 프록
Red-eyed Tree Frog

블랙 아이 트리 프록
Black-eyed Tree Frog

왁시 몽키 트리 프록
Waxy Monkey Tree Frog

타이거 렉 몽키 트리 프록
Tiger Leg Monkey Tree
Frog

리머 트리 프록
Lemur Tree Frog

프린지드 리프 프록
Fringed Leaf Frog

스태리나잇 리드 프록
Starry Night Reed Frog

범블비 토드
Bumblebee Toad

**옐로 스팟티드
클라이밍 토드**
Yellow-spotted Climbing
Toad

할리퀸 토드
Harlequin Toad

플라잉 프록
Flying Frog

오리주둥이 개구리
Yucatan Casque
Headed Frog

베트남 모시 프록
Vietnamese Mossy
Frog

7

안녕하세요.
개구리입니다.

해칫 페이스 트리
프록
Hatchet-faced
Tree Frog

골든 만텔라 프록
Golden Mantella Frog

멕시칸 리프 프록
Mexican Leaf Frog

말레이시안 혼 프록
Malayan Horned
Frog

카우치 스페이드
풋 토드
Couch's Spadefoot
Toad

아워글라스 트리 프록
Hourglass Tree Frog

8

이 책의 차례

이 책의 차례

▶   다흑님의 영상과 함께 즐겨보세요.

01 화이트 트리 프록
White's Tree Frog

01 화이트 트리 프록

White's Tree Frog

제가 바로 그 광고 모델로 유명한
화이트 트리 프록이에요. 줄여서 '화트프'.
저는 호주 및 인도네시아에서 왔고,
최대 8~11cm 정도 자라요.
튼튼함과 왕성한 먹성, 귀여움 때문에
개구리를 키우고 싶어 하는 입문자분들에게
가장 많이 추천되는 종이에요.
그린, 블루 컬러부터
푸른 눈을 가진 블루 아이,
눈꽃 무늬를 가진 스노우 플레이크,
몸이 어두운 멜라니스틱 등
다양한 형태들을 가지고 있어요.

이 각도 괜찮나요?
왼쪽으로 더?

흠흠 안녕하세요.
개구리입니다.

저는 푸른 눈을 가진
블루 아이 화이트 트리 프록입니다.

제 몸에 눈꽃 무늬 보이시죠?
그래서 스노우 플레이크라고
불려요.

완벽한 포즈

저는 몸이 다른
애들이랑 달리 시커면
멜라니스틱입니다!

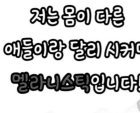

저희가 바로 그!
유명한 캐릭터의
영감을 주었죠.

but 우리 개구리!!

나뭇잎 포근~

저는 슈퍼 스노우 플레이그
블루 아이 화이트 트리
프록이에요!

저희는
두껍...이 아니라
개구립니다.

TAlK TAlK

QR스캔

> 작은 아기 개구리가 거대 슈퍼 개구리로
> 변해버린 사연

그만큼 저희 매장의 역사와 밀접한 아이들인데요

여러분들 개구리가 잘 먹는다고
많이 먹이면 **비만 개구리**가 됩니다. ㅠㅠ

무엇이든 적당히 먹이는 것이
개구리의 건강에 좋습니다!

02 팩맨 프록

Pacman Frog

그 유명한 팩맨 게임에서 이름이 유래된

제 이름은 팩맨 프록입니다!

저 멀리 남아메리카에서 왔어요!

저는 다양한 컬러와 다양한 종들이 속해 있어요!

큰 입을 가지고 있고, 전용 사료도 있어서

덥석 먹을 수 있어요.

손바닥 안 포근

저는 팩꿍이예요.

치명적 뒤태

저희는 퍼시픽이에요.

형광 삼총사.

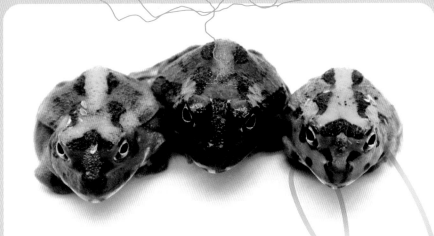

TaLK TaLK

"" 팩맨! 방심하다가 물린 사연 ""

QR스캔

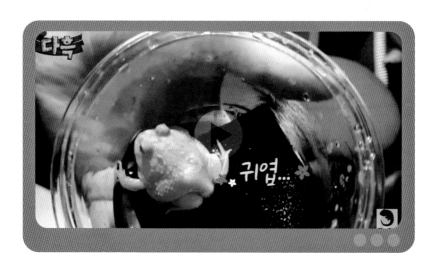

아이들이 처음 사육하기에 좋은 개구리
종인 것 같아요. 명성도 대단합니다.

무엇보다 사료를 먹일 수 있어서
접근성이 좋은 것 같습니다!

팩맨 프로

23

심술가득...

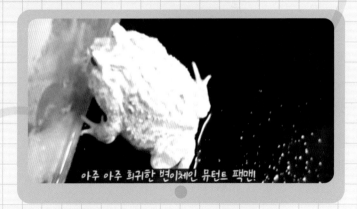

아주 아주 희귀한 변이체인 뮤턴트 팩맨!

방심한 사이 물어버린 퇴석!!!!

03 다트 프록

Dart Frog

어떤 개구리들보다도 화려한 색을 지닌
저는 남아메리카에서 온 다트 프록입니다.
낮에 주로 돌아다니는 걸 좋아해요.
야생에서의 저는 독개미를 먹어 독을 축적해
독이 있지만 실내에서 사육된 저는 독이 없어요!
제 친척들은 다양한 다트 프록 종들이 있답니다.

다트 프록

25

난
매달려 있는 게
좋을 뿐이야...

다트 프록

파란색 물감, 검은 점 톡!

TALK TALK

" 애완용 리얼 프라모델 개구리!
독화살의 재료로 쓰인다는 그 친구 "

매장이나 행사에서 다트 프록을 보면
다들 독 있냐고 물어보십니다.

저도 그럴 때마다 매번
"얘는 지금 독 없어요!"라고 얘기해요. ^^;

다른 프록

04 부쉬벨드 레인 프록

Bushveld Rain Frog

안녕하세요. 저는 부쉬벨드 레인 프록이에요.

사는 곳은 남아프리카 일대예요.

저는 짧은 다리에 둥그런 몸매를 소유하고 있답니다.

혀로 작은 먹이를 낚아채곤 해요.

SNS를 통해 저의 인기는 늘 급상승 중이랍니다!

나 다이어트중이라굴!!!

뚱.....

하지안 성의를 봐서

먀먀먍!

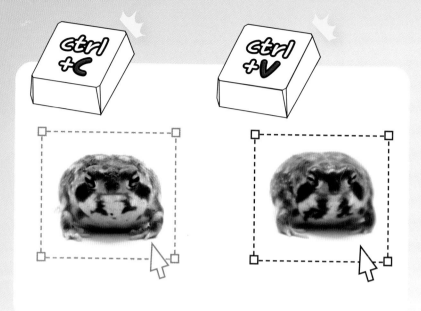

따로 또 같이

든든한 형님들과

TA1K TA1K

" 가장 억울하게 생긴 개구리 "

QR스캔

진짜 놀리자면 **바보 같은 매력**이 있어서
귀여운 녀석들입니다.

개인적으로 **규선**이라는 이름의
부쉬벨드 레인 프록을 **애지중지** 키워와서
너무 애정하는 종입니다.

35

05 청개구리

Japanese Tree Frog

안녕하세요. 청개구리입니다.

우리나라 논밭에서 많이 나오는 그 청개구리 맞아요!

저는 토종 개구리들 중에서도 가장 많이 사랑받는답니다.

그 여름 바닷가...

싱그러움 그 잡채

그네를 달아주세요~

블랙&레드 강렬한 눈빛

써클렌즈

TA1K TA1K

작고 소중한 청개구리들

QR스캔

개인적인 바람으로 우리나라 청개구리도
외국 개구리만큼 인기가 많아졌으면 좋겠어요.

귀여움은 넘사벽인지라
분명 그리 될 겁니다!

귀하디 귀하신 알비노 청개굴.

06 산청개구리
Green Forest Frog

& 슐레겔 청개구리
Schlegel's Green Tree Frog

저희는 일본을 대표하는 개구리들인
산청개구리와 슐레겔 청개구리입니다!
우리 둘 다 일본 중부 지방에서 살아가요.
거품집에 알을 낳아서 올챙이가 부화되면
거품집에서 나와 물속으로 떨어져요!

인생은
마주보는 것

도레미파솔~

조별과제...
무임승차

버블버블~
마이 베이비

웅성웅성

웅성웅성
뭐야 뭐야

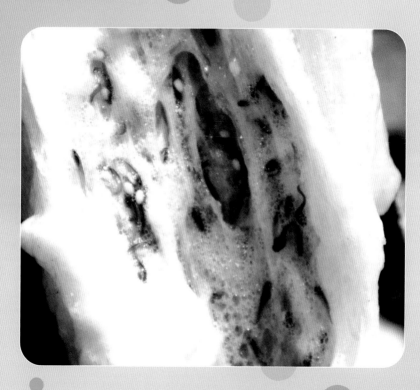

생명의 신비~

07 미야코(미야코니스) 토드

Miyako(Miyakonis) Toad

저는 일본에서 온 미야코 토드라고 합니다.

보시다시피 피부가 울퉁불퉁한 두꺼비예요.

지나가는 먹이를 보면 혀로 촵! 하며 먹어요.

순박함이
나의 애력이쥬

미야코(미야코니스) 토드

또렷 또렷

삼색 매력III

삼색 매력222

- 무슨 일로 날 찾았는가?

▷ 떼껄룩
▷ 그럼, 이만

Hello!

TALK TALK

" 두꺼비에게 기생충약을 먹이면...
※ 두근두근 영상 주의 "

생 미야코들은 몸에 **기생충**이 많아서
구충할 때마다 힘들어요.

덕분에 마니아분들이 야생 개구리
구충의 중요성을 느끼실 것 같아요.

08 글라스 프록

Glass Frog

안녕하세요! 저는 중남미에서 온 글라스 프록입니다.
유리 개구리 혹은 젤리 개구리라고 불려요.
저는 다 커봤자 2~3cm 정도로 작답니다.
제 친구들은 무려 100여 종이 넘는답니다.

인생 네컷

우리는 종류도 다양해.

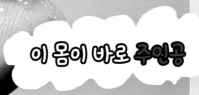

눈웃음이 매력

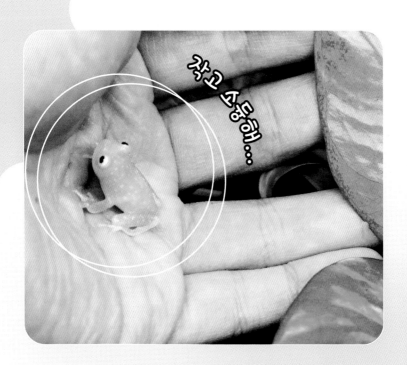

작고 소중해...

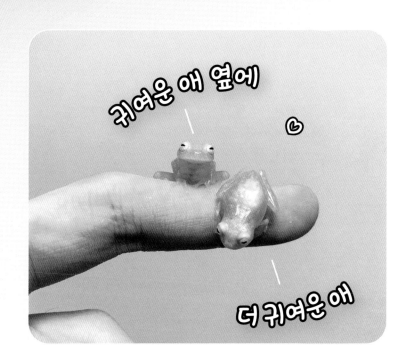

귀여운 애 옆에 ♡

더 귀여운 애

베베~

똑바로 보자! 나의 매력

☆ 유리 같은 내 매력 ☆

예쁜
내 아가들

TA1K TA1K

QR스캔

66 절대 합성이 아닙니다. 실존하는 최고의
젤리개구리들을 데려왔어요. 99

♥ <먹이는 몸집에 비례하게 작은걸로!>

글라스 프록 키우고 싶어 하시는 분들이
너무 많아요.

 저희가 글라스 프록의 귀여운 매력을
잘 알려서 그런 것 같습니다. ㅎㅎ

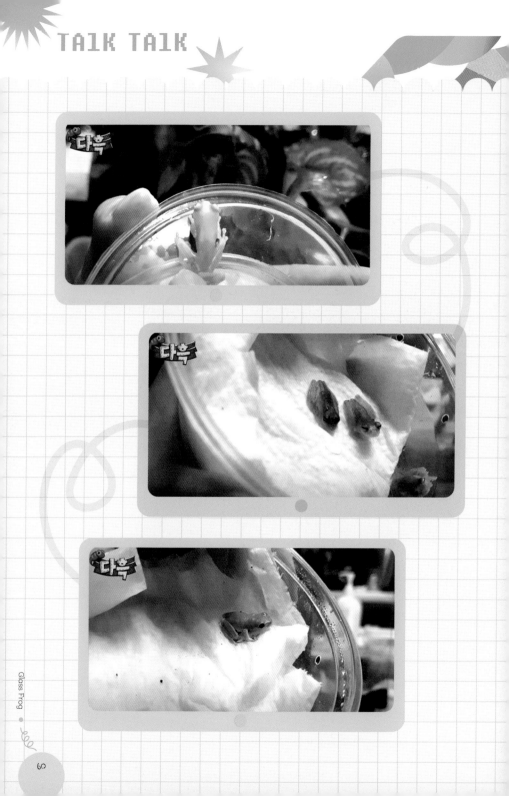

09 밀키 프록
Milk Frog

안녕하세요.

저는 남아메리카에서 온 밀키 프록이라고 해요.

우유를 닮은 색에다 화가 나면

우유 같은 액체를 몸에서 뿜어서 밀키 프록이라고 해요.

저는 다 크면 10cm 정도로 커져요.

지나가는 움직이는 생물이면 무조건 입에 넣어본답니다.

하늘색 꿈

함께라면
외롭지 않아

같은 곳을 바라보는 우리

친구 바라기
♡

TAlK TAlK

> 심장 조심하세요.
> 피규어 같아도 진짜입니다.
> 아마존 밀키 프록 3분 리뷰

QR스캔

우유 젤리 같은 예쁜 개구리인데
정말 인기가 많은 것 같아요.

진짜 **피규어** 같은 귀여움이라
늘 인기 만점인 것 같습니다.

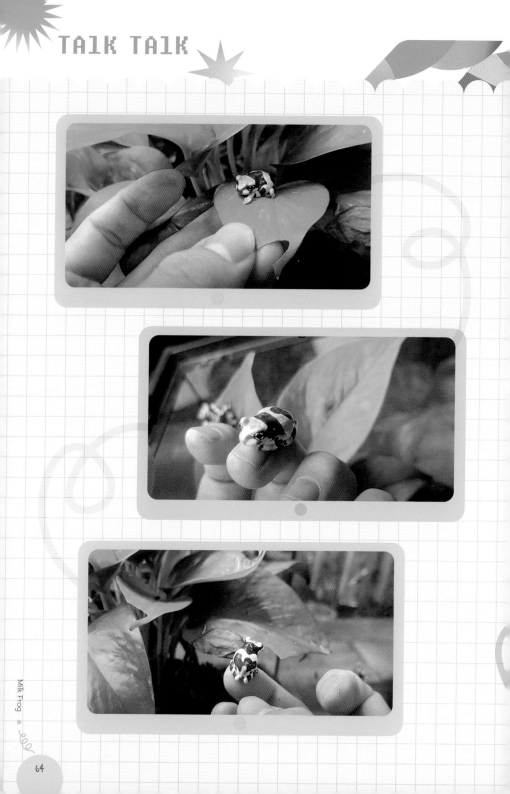

10 버젯 프록

Budgett's Frog

안녕하세요.

저는 남아메리카에서 온 버젯 프록이라고 해요.

저는 거의 물속에서 살아가요.

입이 커서 지나가는 다른 생물들도 막 잡아먹어요.

아래에서 찍는 건 반칙

내 매력에 빠지면
못 헤어나올걸.

바ㄷ바ㄷ

저기요... 살살
잡아줄래요.

저기요...
제대로 줄래요?

물 속 둥둥

TA1K TA1K

" 못생겼지만 귀여워. 버젯 프록 "

QR스캔

진짜 입이 크고 먹성이 좋아서
손가락만 갖다 대도 물려고 하니까
놀리는 재미가 있어요.

정말 독특하게 생긴 친구인데
그 **매력** 때문에 인기가 있더라고요.

(실제 비파 비쥬얼)

11 픽시 프록

아프리카
황소개구리

Pixie Frog

아프리카에서 온 세계에서

두 번째로 커지는 개구리인 픽시 프록입니다.

최대 25cm까지 커져요.

크기가 커서 쥐까지도 덥석 먹을 수가 있어요.

듬직 듬직

나도
꽤
귀여운 면이...?

아기는 다 예뻐111

아기는 다 예뻐222

TAlK TAlK

**시청자가 괴물을 주고선 사라졌습니다.
쥐까지 잡아먹는다는 괴물개구리를
받았네요. ㅋㅋㅋ**

QR스캔

볼 때마다 개구리 같지 않고 **또 다른 큰 생명체** 같은
느낌이 듭니다. 이 개구리를 만지더라도 **절대 입에는**
손을 안 갖다 대죠.

크기와 먹성 때문에 **늘 조심히** 다룰 수밖에
없는 개구리인 것 같아요. **혹시나 물릴까봐.** ㅎㄸㄷ...

73

존 못

무서웡...

12 레드 아이 트리 프록

Red-eyed Tree Frog

안녕하세요.

저는 남아메리카에서 온 레드 아이 트리 프록입니다.

이름 그대로 빨간 눈이 저의 특징이랍니다.

낮에는 잎에 붙어 있다가, 어두컴컴한 밤이 되면

돌아다니며 먹이를 잡아먹곤 해요.

영화나 CF에서 많이 나와서 저를 보면

아 그 개구리! 하며 떠올리시는 분들이 많아요.

체리 같은 레드 아이!

레드 아이 트리 프록

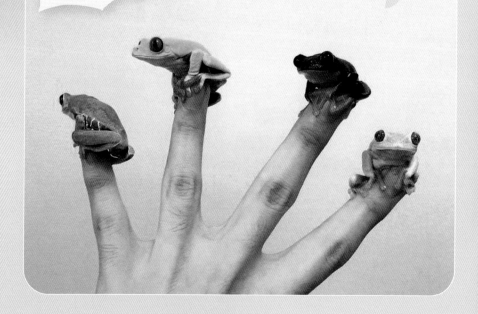

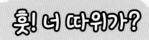

흣! 너 따위가?

유치원 개원

손바닥 나들이

TALK TALK

❝ 결국 데려왔습니다.
가장 그림 같은 개구리의 사육장 꾸미기 **❞**

QR스캔

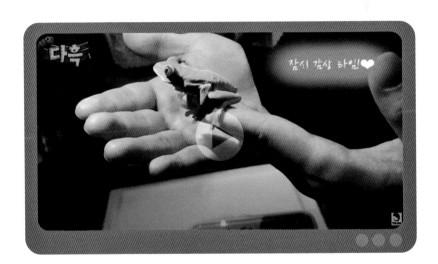

개인적으로 레드 아이 트리 프록은
화려함 때문에 너무나도 좋아하는 개구리입니다.

저도 양서류에 빠지게 된 **본격적인 계기**가
이 종 때문인지라 너무 애정하고 있습니다.

레드 아이 트리 프록

79

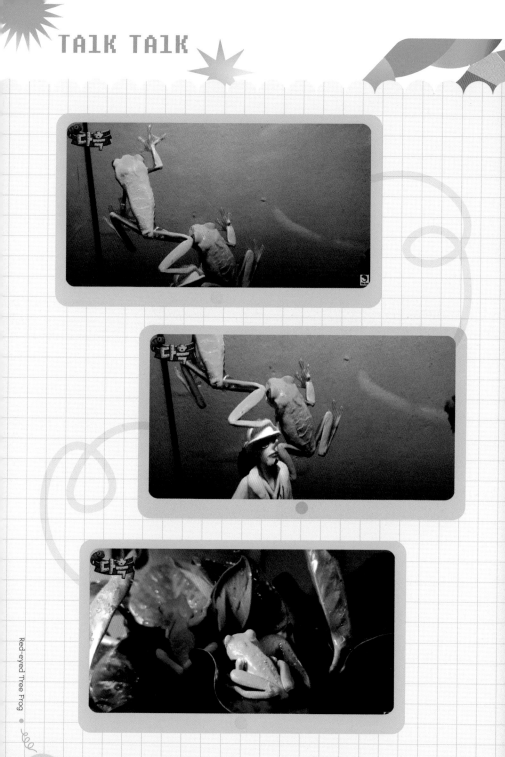

13 블랙 아이 트리 프록

Black-eyed Tree Frog

안녕하세요.

저는 남아메리카에서 온 블랙 아이 트리 프록입니다.

이름 그대로 눈이 검은색인 게 제 특징이에요.

깜깜해진 밤에 활동하며 먹이를 잡아먹어요.

귀여운 눈 덕분에 항상 인기쟁이랍니다.

검은콩

콕! 콕!

원! 투! 뜨리~

하나! 둘! 셋!

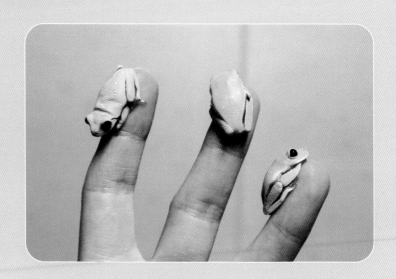

내 눈을 바라봐~

끼는이 아딸고피

불멍 아이 트리 프룩

83

내 눈을 바라봐~ 넌 행복해지고

14 왁시 몽키 트리 프록

Waxy Monkey Tree Frog

저는 남아메리카에서 온

왁시 몽키 트리 프록이라고 해요.

원숭이처럼 생긴 생김새에

원숭이처럼 나무를 타곤 해요.

저의 큰 머리에서는 왁스 같은 물질이 나와

몸에다 발라서 수분의 증발을 막곤 하죠!

오른쪽은 자이언트 왁시!

왼쪽은 그냥 왁시!

난 정말 멋져

우리 앞을 누가 가로막더라도

치명적인 뒷다리~

TALK TALK

❝ 느긋느긋한 움직임과 푸근한 인상 때문에 인기가 많은 종입니다. ❞

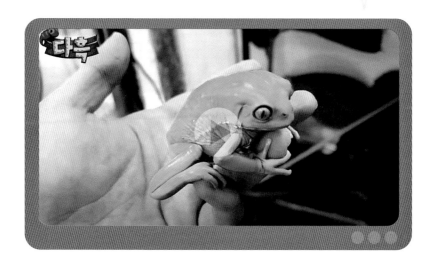

안개구리님의 사육방에 가서 다양한
몽키 프록들의 매력을 느끼고 왔었어요.

몽키 프록 계열의 매력에 빠지면
헤어나올 수 없죠.

TALK TALK

15 타이거 렉 몽키 트리 프록

Tiger Leg Monkey Tree Frog

저는 남아메리카에서 온

타이거 렉 몽키 트리 프록이라고 해요.

이름 그대로 호랑이 무늬를 가진 다리가 특징이에요.

거기에 원숭이처럼 나무나 잎을 기어다녀요.

내가 바로
타이거!

다리 길이 대결

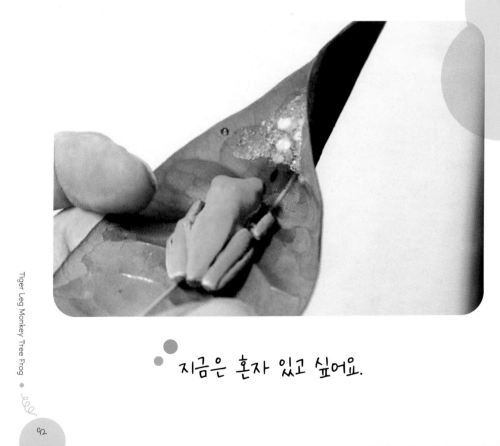

지금은 혼자 있고 싶어요.

무럭무럭 자라는 중

단란한 가족

TAlK TAlK

QR스캔

" 호랑이 무늬를 가진 다리가 특징인
타이거 렉 몽키 트리 프록입니다. "

아장아장 기어 다니는 모습이
정말 귀여운 녀석들입니다.

옆구리 무늬가 너무 매력적이라
인기가 많아질 것 같습니다.

타이거 렉 몽키 트리 프록

저 귀엽쥬...?

16 리머 트리 프록

Lemur Tree Frog

저는 남아메리카에서 온 리머 트리 프록이에요.

여우원숭이를 닮았다 해서 붙여진 이름이죠.

아름다운 연녹색이 제 특징이고

주로 잎에 붙어 지내며 살아갑니다.

내 이름은
여우원숭이 청개구리

짜자잔, 단체로 등장!

TAlK TAlK

QR스캔

" 여우원숭이를 닮은 매력적인
개구리입니다. "

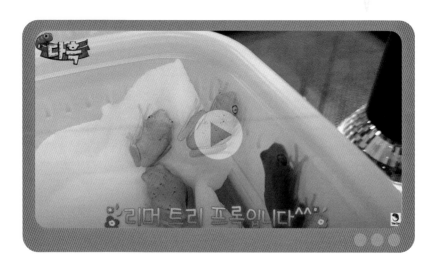

리머 트리 프록입니다^^;

안개구리님이 브리딩한 리머 트리 프록들
너무 예뻤어요.

저도 이번 기회에 브리딩되어
너무 뜻깊고 기뻤습니다.

흐읍...

(앞서 본 레드아이 프로과 많이 닮았죠?)

17 프린지드 리프 프록

Fringed Leaf Frog

남아메리카에서 온

프린지드 리프 프록이에요.

이름 그대로 다리 끝이 뾰족하게 튀어나와 있어요.

제 아름다운 무늬는 저의 매력 포인트랍니다.

주로 잎에 붙어 지내며 살아가요.

내 등 색깔은
아주 영롱하지

무늬 없는 나는
프린저드의 친구인
실비아 리프 프록!

나를 위에서
보면 뾰족뾰족한
Fringed Leaf
나뭇잎모양이야.

왕 작아서
왕 귀엽다!

TALK TALK

❝ 다리 끝이 뾰족하게 튀어나온
매력적인 종입니다. ❞

QR스캔

안개구리님네 가서 본 프린즈드들
너무 사랑스러웠습니다.

무늬가 정말 독특하고 매력적이죠.

프린지드 리프 프롤

프린지드 리프 프록 - 남미종

18 스태리나잇 리드 프록

Starry Night Reed Frog

저는 마다가스카르에서 온

스태리나잇 리드 프록이라고 해요.

이름 그대로 반짝이는 별 무늬 때문에

그런 이름이 붙여졌어요.

다 커봤자 3cm 정도라서

작은 벌레를 잡아먹는답니다.

Starry~ Night~ ♪

♪ ♬ ♭

Starry~

까만 밤의 별들이
내 등에 있어.

매끈한 피부
비결을 알고 싶나?

19 범블비 토드
Bumblebee Toad

안녕하세요. 저는 남아메리카에서 온

범블비 토드라고 해요.

이름 그대로 벌을 닮아서 이런 모양이에요.

실제로 두꺼빗과에 속해 있답니다.

크기가 3cm 정도로 작아서 작은 벌레를 먹곤 해요.

쭉 펴도 3cm!

뽀짝

귀욤

얘, 내가 너보다 예뻐.

주행성이라 낮에 열심히
돌아다닌답니다.

영-차

영-차

오형 아니야!
나 살아있다 개굴!

봐봐, 작지만 발가락도 다 있어!

20 옐로 스팟티드 클라이밍 토드
Yellow-spotted Climbing Toad

저는 인도네시아에서 온
옐로 스팟티드 클라이밍 토드라고 해요.
이름 그대로 노란 점박이에다가
나무를 타는 특징을 지닌 두꺼비예요.

어때, 나의
클라이밍
실력이?!

암컷은 이렇게 노란 점들이 있어.

교목성의 습성을 떠고 있어 나무 위에서 서식해.

자이언트 왁시 몽키만큼 커져요.

봄바람 휘날리며~

흩날리는 벚꽃 잎이~

옐로 스파티드 클라이밍 토드

누가 꽃이개(굴)?

TAlK TAlK

> 그 어떤 두꺼비보다도
> 화려한 두꺼비입니다.
> 하지만 암컷만 매우 예뻐요!

QR스캔

두꺼비가 이렇게 예뻐도 될 일인가요?

실제로 보면 이리 예쁜 생명체가 있나
감탄하게 됩니다.

TALK TALK

일반적인 두꺼비와는 전혀 다른 이쁜 비쥬얼~!

일반적인 두꺼비와는 전혀 다른 이쁜 비쥬얼~!

Yellow-spotted Climbing Toad

122

21 할리퀸 토드
Harlequin Toad

저는 남아메리카에서 온
할리퀸 토드라고 해요.
생긴 건 독화살개구리처럼 생겼지만
실제로 두꺼빗과에 속해요.
주로 열대우림의 계곡에서 살아가요.
다 커도 3cm 정도라
작은 초파리 같은 벌레를 먹곤 해요.

Hello! I'm Harlequin~

다 커도 3cm

나의 매력에 빠져봐요.

할리퀸의 자태로 눈 정화를 허가한다.

수컷(응)과

암컷(우)의

부부 사진 찰칵!

22 플라잉 프록
Flying Frog

저는 동남아시아에서 온
플라잉 프록(블랙 웹 플라잉 프록)이랍니다.
얼굴을 자세히 보면 케로를 닮았어요.
실제로 날 수는 없지만 긴 발모양 때문에 활공해서
착지할 수 있어요. 저도 야생에서는 녹색이지만
실내에서 오래 키우면 푸르게 되곤 해요.

나는 실내에서
번식되어서
푸른색이야.

스파이더맨 포즈
취하기!

누가 내 눈에 율무 끼웠다고 하던데.

나란히 일광욕 중~

23 오리주둥이 개구리

Yucatan Casque Headed Frog

중미에서 온

오리주둥이 개구리(캐스큐 헤드 트리 프록)라고 해요!

실제로 얼굴이 오리를 닮아서 그런 별명이 붙여졌어요!

이 오리주둥이 얼굴로 나무 구멍을 막아

천적으로부터 보호하곤 해요.

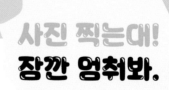

쉿, 숨바꼭질하는 중

땅꾸 모양 두상이 특이하지?

아직도
나 못 찾았어?

24 베트남 모시 프록

Vietnamese Mossy Frog

저는 베트남, 라오스 같은 곳의 계곡에 살아가는
베트남 모시 프록이에요.
이름 그대로 이끼 같은 생김새를 가지고 있어요.
생김새 때문인지 사육장에 제가 있으면
못 찾으시는 분들도 많답니다.
물을 좋아해서 물속에서도 굉장히 오래 있곤 해요.

모시 모시?

이끼 같은 피부로 덮여
있는 개구립니다.

특이한 피부(보호색)
덕에 은신 선수지.

신비로운 눈동자도
새로울 거야.

나의 성장과정을
한눈에 보겠니?

위협을 느끼면 몸을 공처럼 만들어 죽은 척을 하지.

다른 애들보다
발가락이 더 길어서,
나무나 벽도 잘 타.

몸의 돌기가 나의 매력 포인트!

25 해칫 페이스 트리 프록

Hatchet-faced Tree Frog

저는 남아메리카에서 온

해칫 페이스 트리 프록입니다.

이름 그대로 도끼 모양의 얼굴을 가지고 있어요.

저는 주로 식물의 잎에 붙어 지내며 살아가는데

밤이 되면 작은 곤충을 잡아먹으러 돌아다닌답니다.

청포도 젤리 같아?

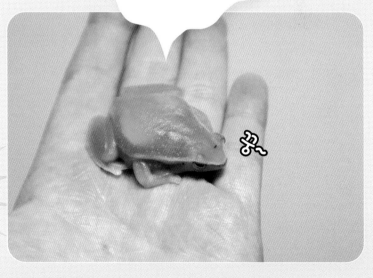

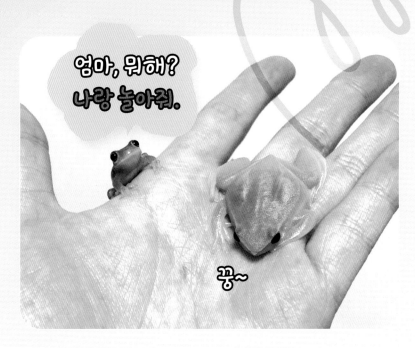

투명한
연두색이
잘 받아.

뭔가
못마땅한 인상~

나의 작은 아기 개구리♡

골든 만텔라 프록

Golden Mantella Frog

저는 마다가스카르에서 온

골든 만텔라 프록이라고 해요.

이름처럼 노란색에서 주황색의 컬러를 가지고 있어요.

다 커봤자 2~3cm라 먹이도 작은 벌레를 먹습니다.

야생에서의 저는 독이 있지만,

독벌레를 먹고 독을 만들어내는 거라

실내에서 사육되면 독이 없어용!

강귤 젤리 같은 **소형** 개구리:)

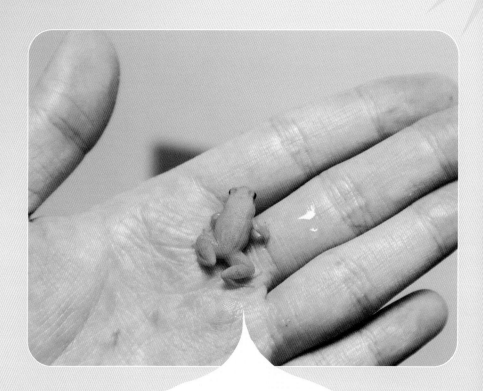

내 짧은 다리로
정상까지 오를테야!

야생에서 잡혀 온 나는
색이 더 진하고
강렬해~

우리는 확신의 웜톤

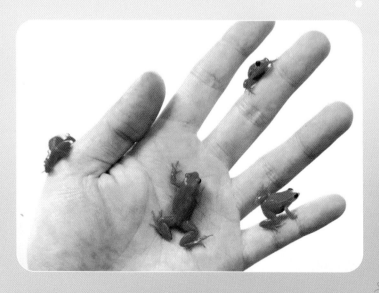

뭉치면 살고,
흩어지면 개굴

27 멕시칸 리프 프록
Mexican Leaf Frog

나는 멕시코에서 온
멕시칸 리프 프록.
화이트 트리 프록처럼 생긴 몸뚱이지만
눈은 왁시 몽키 쪽 눈이랍니다.
나의 가장 큰 매력 포인트는 바로
은하수 같은 눈이에요.
주로 나무나 식물에 붙어 지내요~

나는야, 귀여운
뚠뚠이

은은한 웃상~

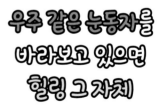

허들 뛰어넘기 !!

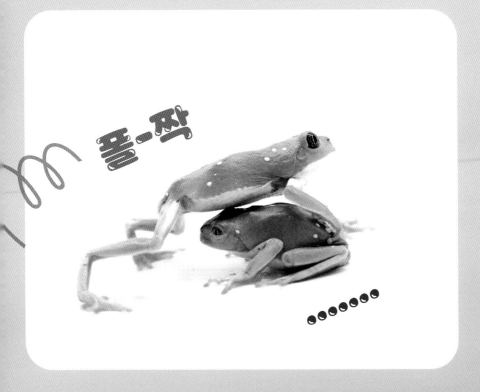

퐁-짝

비바리움 속에 빠져들고 싶어요.

TALK TALK

❝ 은하수 같은 눈이 매력적인 개체 ❞

알을 **포도송이**처럼 낳아서
촬영했을 때 신기했어요.

저 알들은 나중에 부화하면 물속으로
떨어져 올챙이로 **잘 성장**하게 되더라고요.

28 말레이시안 혼 프록

Malayan Horned Frog

동남아시아에서 온

말레이시안 혼 프록이에요.

이름 그대로 뿔 달린 듯한 눈이 큰 특징이랍니다.

저는 8~12cm까지 커지고, 생긴 건 사납게 생겼지만,

매우 온순하고 소심하답니다.

낙엽처럼 생겨서 별명이 낙엽개구리이기도 해요~

뿔 달린 갑옷을 입고 있는
나한테 반했나?

말레이시안 혼 프록

뚱~

굉장히 기분 좋은
상태입니다.
화난 거 아니에요.

가을의 낙엽 같은 나,
너무 멋지다.

우리 가족이 모이면, 천하무적이다 이거야.

뚱~x3

TALK TALK

QR스캔

❝ 얘네 키우시는 분 있나요??
세상에서 가장 억울한 개구리
말레이시안 혼 프록을 데려왔습니다. ㅋㅋ ❞

생긴게 정말 억울하게 생긴 개구리예요.
게다가 움직임도 많지 않고요.

저도 그렇게 생각합니다.
그것이 매력 포인트인 것 같아요.

말레이시안 혼 프록

153

29 카우치 스페이드 풋 토드

Couch's Spadefoot Toad

저는 북미에서 온

카우치 스페이드 풋 토드예요.

이름 그대로 삽 모양의 발가락이 특징인데,

이는 땅 파기에 적합해요~

저는 다 커봤자 7cm 정도랍니다.

주로 낮에는 땅 밑을 파고 지내요.

저도 완전 먹성이 좋은 돼지랍니다.

작은 친구는
저의 친구인 이스턴
스페이드 풋 토드예요.

우리 완전 닮았죠?
자세히 보면 달라요.

우리는 사막 같은
건조한 지역에서
생활해서 피부가
거칠고 두꺼워요.

지구는 둥그니까
내 몸도 둥글개굴

이렇게 귀여운 애는
처음 보나?

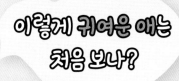

30 아워글라스 트리 프록
Hourglass Tree Frog

저는 중남미에서 온
아워글라스 트리 프록이라고 해요~
이름 그대로 모래시계 모양의 무늬를 가진 것이
특징이에요.
저는 다 커봤자 3.5cm의 소형 개구리랍니다.
주로 잎에 붙어 지내며 살아요.

(Hourglass)
모래시계 모양의
황금빛 등을
가지고 있어요.

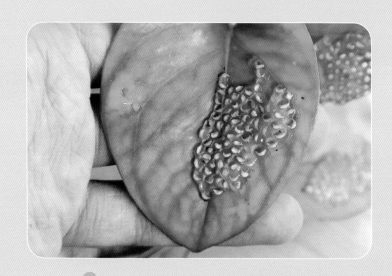

아가들~ 건강하게만 자라다오~

도란도란 사이좋은 어린 개구리들

아일그라스 트리 프록

짙은 갈색 눈은
고혹적이지

심장 조심해! 귀여움 과다로 위험할 수 있어 ;)

개구리 네컷

다흑 X 안개구리

안녕하세요
개구리입니다.

초판발행	2024년 1월 5일
지은이	다흑 · 안개구리
펴낸이	노 현
편 집	김보라
기획/마케팅	차익주 · 김락인
표지디자인	이소연
제 작	고철민 · 조영환
펴낸곳	㈜ 피와이메이트
	서울특별시 금천구 가산디지털2로 53, 210호(가산동, 한라시그마밸리)
	등록 2014. 2. 12. 제2018-000080호(倫)
전 화	02)733-6771
f a x	02)736-4818
e-mail	pys@pybook.co.kr
homepage	www.pybook.co.kr
ISBN	979-11-6519-455-0 03810

정 가 16,800원

박영스토리는 박영사와 함께하는 브랜드입니다.